황홀극치

황홀극치

초판 제1쇄 인쇄 2012. 3. 29.
초판 제1쇄 발행 2012. 4. 2.

지은이   나 태 주
펴낸이   김 경 희
펴낸곳   (주)지식산업사
        본사 • 413-832, 경기도 파주시 교하읍 문발리 520-12
        전화 (031) 955-4226~7 팩스 (031)955-4228
        서울사무소 • 110-040, 서울시 종로구 통의동 35-18
        전화 (02)734-1978 팩스 (02)720-7200
        한글문패   지식산업사
        영문문패   www.jisik.co.kr
        전자우편   jsp@jisik.co.kr
        등록번호   1-363
        등록날짜   1969. 5. 8

책값은 뒤표지에 있습니다.

ISBN 978-89-423-7057-3 (03810)

이 책을 읽고 저자에게 문의하고자 하는 이는
지식산업사 전자우편으로 연락바랍니다.

황홀극치

나태주 시집

지식산업사

머리말

문단에 등단한 지 41년. 첫 시집을 낸 지 39년. 아득히 먼 세월 같고 휘딱 스쳐간 순간만 같다. 그동안 여러 권의 시집을 세상에 내놓았지만 시에 대해서 여전히 나는 어린아이 수준을 벗어나지 못하고 있다.

지금까지 내 시의 주제는 고향과 자연과 사랑. 이번 시집에는 생명이라든지 인생이라든지 죽음 같은 조금은 무거운 주제들이 많이 들어와 있다. 이런 경향은 앞으로도 더욱 그러할 터인데, 가능하다면 영혼의 문제까지 나아가 보았으면 하는 바람이다.

시골 시인의 시를 밝은 눈길로 알아보아주신 지식산업사의 김경희 사장께 깊은 감사를 드린다. 눈물겹도록 찬란한 해설을 달아준 장경렬 교수, 평생의 지기 최명환 교수에게도 고마운 인사를 전하며 책을 위해 애써준 출판사의 여러분들에게도 감사의 마음을 적는다.

2012년 신춘
나 태 주

차례

머리말

제2부 노을잔치

제3부 측은지심

제1부

장
락
무
극

2008. 3 대광

강아지풀에게 인사

혼자 노는 날

강아지풀한테 가 인사를 한다
안녕!

강아지풀이 사르르
꼬리를 흔든다

너도 혼자서 노는 거니?

다시 사르르
꼬리를 흔든다.

황홀

시시각각 물이 말라 졸아붙는 웅덩이를
본 일이 있을 것이다
오직 웅덩이를 천국으로 알고 살아가던
송사리 몇 마리
파닥파닥 튀어 오르다가 뒤채다가
끝내는 잠잠해지는 몸짓
송사리 엷은 비늘에 어리어 파랗게
무지개를 세우던 햇빛, 그 황홀.

춘추

남천南天이 죽었다 지난겨울
빨간 열매 마른 이파리만 남기고
고스란히 세상을 버리고 말았다

혼자 살아남아 미안하다
미안하다
죽어버린 나무 옆에 서서
남천 열매를 쓰다듬으며
중얼거려 본다

아차, 했으면 충분히
뒤바뀔 수 있는 순서였다
살아남은 자에게는 미안함도
기쁨이요 하나의 감사

남천은 죽었지만 여전히

봄은 오고 가을도 있다는 것이
기쁘면서도 슬프다.

장락무극長樂無極

가는 봄날이 아쉬워
짧은 봄날이 야속해
새들은 슬픈 소리로 노래하고
꽃들은 아리따운 그림자를 길게
땅바닥에 드리우지만

다만 어리석은 사람은
늙은 매화나무 가지를 그리고
그 위에 어렵사리 움튼 몇 송이
매화꽃을 그려서 벽에다 건다

피지도 않고 지지도 않는 매화꽃을
피어서 향기로운
매화꽃이라 우기면서
찌는 여름 추운 겨울을
오래 오래 견디며 산다.

넝쿨손

저 하늘 저 들판이
마지막으로 바라보는 풍경이라면!
저 새소리 물소리 풀벌레소리
마지막으로 듣는 세상의 음성이라면!

아, 지금 웃고 있는 너의 얼굴이
세상에서 마지막으로 보는
사랑하는 사람의 얼굴이라면!

높은 담장 꼭대기까지
더듬어 올라간 나팔꽃 줄기 끝
허공을 향하여 바르르 떨고 있는
넝쿨손을 나는 지금 보고 있다.

황홀극치

황홀, 눈부심
좋아서 어쩔 줄 몰라 함
좋아서 까무러칠 것 같음
어쨌든 좋아서 죽겠음

해 뜨는 것이 황홀이고
해 지는 것이 황홀이고
새 우는 것 꽃 피는 것 황홀이고
강물이 꼬리를 흔들며 바다에
이르는 것 황홀이다

그렇지, 무엇보다
바다 울렁임, 일파만파, 그곳의 노을,
빠져 죽어버리고 싶은 충동이 황홀이다

아니다, 내 앞에

웃고 있는 네가 황홀, 황홀의 극치다.

도대체 너는 어디서 온 거냐?
어떻게 온 거냐?
왜 온 거냐?
천 년 전 약속이나 이루려는 듯.

향기

서울오산학교 대강당 김소월 진달래꽃 축제
열리던 날
객석에 조그만 체구의 남자노인 한 분
앉아있었다
아무하고도 인사하지 않았다
아무도 알아보지 못했다
그 노인 떠난 뒤 누군가가 그 노인이
피천득 선생인 것 같다고 말해주었다.

밥

집에 있을 때 밥을 많이 먹지 않는 사람도
집을 나서기만 하면 밥을 많이 먹는 버릇이
있다
어쩌면 외로움이, 무사히 집으로
돌아가고 싶은 욕망이 밥을
많이 먹게 하는지도 모르는 일

밥은 또 하나의 집이다.

매화꽃 달밤

아내 일찍
잃은 사람의 마음이 되어
매화나무에게 말을 한다

네가 어찌
내 마음을 알겠니?

해마다 새잎 나고
꽃이 피는 네가 어찌
내 마음을 짐작이나 하겠니?

아니, 해마다 새잎도 나지 않고
꽃도 피지 않는 내가 어찌
네 마음을 안다고 하겠니?

그건 그렇다고

누군가 말했다
오늘은 어제 죽은 사람이 그렇게도
살고 싶었던 바로 그 내일이라고

누군가 또 말했다
그렇다면 당신은 지금 죽었다가
다시 태어나 천국에 사는 사람이라고

어린 강아지풀과
노랑 씀바귀꽃과 분홍빛 패랭이꽃이
그렇다고, 그건 그렇다고
고개를 끄덕여주고 있었다.

오도카니

　사람은 목숨을 걸고 하는 그 어떤 일이
　있어야만　한다는　말을　누구에게선가　들은
적이 있다
　그러지 않고서는 진정으로 성공히는 사람이
기 어렵고
　타인을 감동시키기 다시 어렵다는
　말을 들은 적이 있다

　목숨을 걸고 하는 돈벌이
　목숨을 걸고 하는 공부
　목숨을 걸고 하는 운동경기
　목숨을　걸고　하는　연애… 그리고　또　무엇
무엇

　명색이 시인이라 그러면서
　나는 한번인들 목숨을 걸고

시를 써본 적이 있었던가?

밤중에 깨어 일어나 오도카니

불을 켜고 앉아 스스로에게 물어본 적이
있다.

허

나 세상 살다가 세상 뜨는 날
세상에 남을 것은
입던 옷이며 신던 신발
그리고 모자 몇 개

그 위에 읽다 만 책
가장 많이 남을 것은 바닥난
볼펜이며 몽당연필 몇 자루
먹다 만 약 봉지들

그보다도 더 많이 남을 것은
누군가를 좋아했던 나의 마음들
더구나 현재진행형인 마음들

허, 물건들이사 버리거나
태워버리면 되겠지만

주인 없이 떠돌 마음들은
누가 거두어주나!

사진

웃음 가득한 얼굴로
어깨에 손을 얹고
더러는 술잔을 맞부딪치며
포즈를 잡기는 잡았는데
언제였던가, 어디였던가,
도통 생각이 나지 않는 사진들

거기까지는 그래도 좋다 하자
얼굴조차 가물가물 기억이 없는
사진 속 사람들은 또 누구란 말이냐!

나를 스쳐가기는 했지만
깨끗이 잊혀져 나와는 무관해진
지워진 시간 지워진 사람들이여
지워졌기에 더욱 아름다워진
황금의 시간 황금의 얼굴들이여.

목숨

의자에 앉아 하늘의 구름을 보고 있다
나뭇잎을 징검다리 삼아 건너가는
바람을 보고 있다
선물가게에서 선물을 사가지고
가게 주인이 포장하는 걸 보고 있다
선물 꾸러미를 들고 나오면서
추녀 밑 서리 맞아 시든 분꽃을 보고 있다

그래, 이렇게 살려고 서울 큰병원
유리창 가에서 그렇게 살고 싶었던 거냐?
목숨이여 목숨이여 목숨이여.

안부

한동안 시계추 소리가 들리지 않았다

무슨 일일까?

언제부턴가 정각과 30분에

한 차례씩 울리던 종소리가 나지 않는 것 같

았다

정말 그런까?

읽던 책을 내려놓고 기웃, 괘종시계를 바라

다보았다

시계추는 여전히 좌우로 흔들리고 있었다

그럼 그렇겠지!

그때부터 시계추 소리가 들리기 시작했다

똑딱, 똑딱…

멈추었던 세상이 다시 돌아가고 있었다

얼마 지나지 않아 시계가 30분음으로 한번

뗑, 소리를 내었다

자네도 잘 있었는가? 시계가

묻고 있었다.

마당

오늘도 밥 한 그릇의 일보다는
사람의 일로 마음이 아팠습니다
한 사람을 사랑하여 슬프다 하고
가슴이 먹먹하다 그랬습니다

어찌하면 좋을까요?

고개를 숙일 때
나뭇잎 두엇 가볍게 떨어졌다
눈물 한 방울 뚝,
또 떨어졌다.

묘비명

많이 보고 싶겠지만
조금만 참자.

하염없이

어느 날 '문학의 집·서울'에서 열린
또래시인 임영조의 시전집 출판기념회의 밤
마지막 순서로 나와
시인의 부인이 들려준 말, 영
잊혀지지 않는다

남편이 마지막 숨을 거두는 순간
무슨 말이건 해야 했는데
무슨 말을 어떻게 해야 할지 몰라
망설이다가 하지 못했노라고

그렇지만 호스피스가 그래도
망자의 귀는 아직 살아 있어 들을 수 있으니
그때라도 말을 하라고 해서
하지 못한 말을 했노라고

사랑했었다고… 고마웠다고… 미안했다고…
다시 만날 수 있을 거라고…
커다란 꽃잎이 한 잎씩 떨어지듯이 그렇게
하염없이 그렇게.

요즘 세상

오랫동안 핸드폰 번호를 바꾸지 않고
사는 사람을 보면 문득 반가워진다
아직도 쉽게 변하지 못하는 마음이 있구나
싶어
믿음직스러워지기까지 하다

같은 주소에서 여전히 사는 사람을 보면
마음이 행결 따뜻해진다
아직도 그 번지수에서 살고 있구나 싶어
눈물겹기까지 하다

예전엔 무언가 새롭게 바꾸는 것이
좋은 세상으로 통했다
이제는 어떻게든 변하지 않고 잘
간직하고 사는 것이 좋은 세상이 되었다

그렇다!
될수록 변함없는 당신의 웃음을 보여라
여전히 그 자리 지키고 사는
변함없이 편안한 소식을 전하라.

하단에서

얼마 남지 않았다
조금만 더 가자 조금만 더 가면 된다
강물이 어깨동무를 하고
서로 밀고 따르고 그런다

돌아보아 참으로 아득한 길
멀리까지 왔구나
제 몸 하나 보전하기조차 어려웠단다
그래그래 이제는 그 몸마저 버릴 때야
강물이 이마를 모으고 속삭인다

낭떠러지에서 눈 딱 감고 뛰어내려
폭포가 되듯 뛰어내리면 돼
망설이지 마 이제는
짠물에 몸을 섞을 때야
더 큰 물이 될 때야

붉은 노을이 오랫동안 지켜보고 있었다
집 찾아가는 새들도 몇 마리 흘낏
바라다보았다.

제 2 부

노
을
잔
치

2011. 12. 3 다윤

비정치적

아버지 어머니 옆에 형제들과 있었지만
외톨이였고 쓸쓸했다
선생님 옆에 친구들이랑 있었지만
역시 외톨이였고 쓸쓸했다
끝내 아내 옆에 아이들이랑 있었지만
그 또한 혼자였고 외로웠다
이제 몇 안 되는 제자와 독자들 옆에서
외롭고 쓸쓸하기는 마찬가지

나는 아직도 외로움과 쓸쓸함이
어떻게 다른지 알지 못한다.

오리 세 마리

어떻게 알고 찾아왔는지
산골 저수지에 오리 세 마리

저렇게 오리가 세 마리면
짝이 안 맞아 싸우지 않을까?

아니야, 아닐 거야
저 가운데 한 마리는 애기오리

엄마 아빠 사이에 끼어
세 마리가 더욱 정다울 거야.

낮달

달밤에 애기가
엄마 등에 업혀서 먼 길 가다가
잠이 드는 바람에 고무신
한 짝을 잃었습니다

하늘이 안쓰럽게 여겨
그 고무신 주워다가 가슴에
품었습니다

애기야, 네 고무신 한 짝
찾아가거라.

아기

아직은 이승 사람이 아니네

젖을 먹을 때
웃을 때
잠 잘 때

허공에 헛발질
헛주먹질 할 때
더욱 그렇네.

개화

우리 아기 아는 말은
딱 한 마디 엄마라는 말

엄마 손 잡고 길을 가다가
손가락으로 가리키며
엄마, 엄마 부를 때

집들도 꽃으로 피어나고
나무도 꽃으로 피어나고
담장 위의 나팔꽃도 꽃으로 피어나고
하늘도 꽃으로 피어난다

엄마도 정말
엄마란 꽃으로 피어난다.

개처럼 · 1

아침 밥상에 모처럼
익힌 꽃게가 한 마리 통째로 올라와 있었다
꽃게가 담긴 접시를 들고 식탁의
구석진 자리 의자에 가 앉았다
왜 귀퉁이에 들어가 앉고 그래요?
응, 어렸을 때부터 맛있는 것이 있으면
구석진 곳에 가서 먹었거든
개처럼?
비유가 좀 그렇다!
우리는 마주 보며 모처럼 크게 웃었다.

개처럼 · 2

새벽에 깨어 서너 시간 글 쓰고
동이 틀 무렵 다시 자리에 누워
늦잠이 들고 말았다

아마도 죽은 듯 꼼짝 않고 자고 있었을 것
이다
자다가 부시시 눈을 떠보니
누군가 옆자리에 앉아 있는 사람 있었다

의아한 마음으로 고개를 돌려보니 거기
안방 침대에서 자고 있던 아내가
잠 깨어 앉아 있는 게 아닌가!

당신 왜 거기 그렇게 앉아 있는 거야?
당신이 안 일어나길래 여기 이렇게
개처럼 앉아 있는 거예요

개처럼?
우리는 또 그 '개처럼'이란 말에
마주 보며 웃을 수밖에 없었다.

공깃돌

아내의 공깃돌은 세 개

남편이란 공깃돌과 아들이라는 공깃돌과 딸
이라는 공깃돌

세 개만 가지고 놀아도 심심한 줄 모르고 쓸
쓸한 줄 모른다

기도할 때도 그 세 개의 공깃돌 이름만 부
른다

비하여 나의 공깃돌은 손꼽을 수도 없을 만
큼 여러 개

그래도 나는 때로 외롭다 슬프다 말하는 사람

세 개의 공깃돌만 가지고서도 쓸쓸해하지
않고

슬퍼하지도 않는 아내가 나는 부럽다.

어머니께

기나긴 강물이었습니다
때로는 땅 속으로 숨어드는
물길이기도 했구요

끝날 듯 끝날 듯 이어지는
조그만 노래였습니다
때로는 지루하기도 했구요

함께한 날들을 일일이 기억할 수야 없겠지만
헤어질 약속은 잊지 말아야 하겠습니다
언제고 있을 영원한 이별의 의식을
예비해야만 합니다

땅 위에 계실 때 평안히 계시어요
가실 때에도 평안하시길 빌어요
부디 뒤돌아보지는 마시어요.

아버지

90세 가까운 아버지
오래전 고향에서 전화하셨다
애야, 숨 못 쉬어 죽겠다
어서 빨리 와서 나 좀 살려다오
사람에게는 들어가는 숨보다
나오는 숨이 더 힘들고
소중하다는 걸 그 때 알았다

얼마 전에는 또 아침마다
화장실 가 볼 일 보는 일이
어렵다고 전화하셨다
아, 음식도 들이는 절차보다
내보내는 절차가 더 힘들고
까다로운 일이구나
다시금 알게 되었다

공기든 음식이든 조금씩 먹고 마시고 많이
내보낼 것
말이나 글도 조금 기억하고 많이 잊어버릴 것
가진 것 가운데서도 될수록 많이 덜어낼 것
남한테 받는 것보다는 주기에 힘쓸 것.

짱짱한 햇빛

아직은 짱짱한 가을

여름을 이긴 나무도 짱짱하고
뜨락의 모과덩이도 짱짱하고
햇빛도 짱짱하여
공터에서 마르는 붉은 고추도 짱짱하다
머잖아 고향 찾아갈 고추잠자리도
며칠은 더 짱짱할 것이다

어머니, 부디 고향에서 이 가을
짱짱하시기 빕니다
저도 당분간은 짱짱한
아들이고 싶습니다.

두 여자

한 여자로부터
버림받는 순간
나는 시인이 되었고

한 여자로부터
용납되는 순간
나는 남편이 되었다.

부부

한 사람은 죽고 한 사람은 별이 되고
한 사람은 죽고 한 사람은 꽃이 되고
한 사람은 죽고 한 사람은 돌이 되지만
두 사람 모두 살아 돌이 되기도 한다.

햄스터

하루하루 소풍 나온 아이처럼
보는 일마다 신기하고 흥분되어
이리저리 껑충대면서 내달으면서
꽃도 보고 나무도 보고
바람하고도 인사하고
구름하고도 이야기하고
이 사람 저 사람 만날 사람도 많고
헤어질 사람도 많고
그리고서도 가슴에 남는 아쉬움 많아
뒤를 돌아보며 눈물도 글썽이는
그러한 나를 보며 최근에 아내가 지어준 별
명이 햄스터다
그 왜, 집에서 기르는 조그만 쥐 있지 않는가
장롱 밑으로 한번 숨어 들어가면
찾을 수 없어 속을 썩이는 실험용 쥐
나의 햄스터에게 부디 신의 가호 있기를!

삼베옷

누이동생이 삼베옷 한 벌 해주었다

오래전 청양으로 시집간 누이동생
시이모님이 손수 짠 삼베라 그러면서
삼베 한 필에서 반을 잘라내어
삼베옷 한 벌 기워주었다

삼베옷은 죽은 사람이 입고 가는 옷

죽어서 입고 가는 것보다
살아서 입는 편이 더 좋은 일이래요
삼베옷 지어와 옷과 함께 놓고 간
누이의 말

두고두고 여름이 덥지 않겠다.

육친

모처럼 만난 딸아이
시집 가 아기 낳고 사는 딸아이
어려서 보드레하던 손
가늘고 새하얗고 예쁘던 손가락

헤어져 돌아오면서
내 손을 들여다보았더니
거기에 딸아이의 손가락이 와 있었다
뭉뚝한 엄지 검지 가운뎃손가락
그나마 갸름한 무명지 새끼손가락

손을 비벼보니 꺼끄러운 느낌
거기에 딸아이의 손바닥이 또
와 있는 것이었다.

평화

비가 내리고 난 다음날 아버지는
소에게 쟁기를 채우고 논을 가셨다
척척 쟁기의 보습 날에 갈려나가는 논바닥
어떻게 알았는지 그럴 때면 노랑색 깃털의
새들이 날아와 논바닥에 깔리곤 했다
그 새들이 황백로라는 것을 안 것은 어른이
된 뒤의 일이지만
황백로들은 논을 가는 아버지와 소의 뒤를
졸졸 따라 다니곤 했다
논두렁 가에서 책을 읽다가 고개를 들어 바
라보면
그 황백로들 아버지의 소가 갈아엎은 논바
닥에서
무언가를 찍어먹고 있었다
황백로들은 논을 가는 소의 다리 밑을 들락
거리기도 하고

아버지의 종아리 사이를 오락가락하기도
했다

그러나 아버지도 소도 그런 황백로를 쫓으
려 하지 않았다

논을 가는 소와 쟁기를 잡은 아버지와 황백
로들

그리고 논둑에 앉아서 책을 읽고 있던 어
린 나,

그 네 가지가 오랫동안 지워지지 않는 마음
의 그림이 되었다.

노을잔치

외갓집은 마을에서도 높은 언덕
서쪽하늘로 열려 있었다
날마다 저녁이면 지는 해가 좋아
길고 긴 노을잔치였다

외할머니는 서쪽하늘 산 너머 바다가 있어
그리로 해가 기우는 거라고 말씀하시곤 했다
나는 바닷물로 떨어지는 커다랗고 붉은 해
를 그리며
이글이글 끓어오르는 바닷물을 상상하곤
했다

외할머니 세상 뜨신 후로는
외할머니 또한 그 서쪽하늘로 옮겨가 사시
면서
해 지는 시각이면 이승으로 쪽문을 열고

아직도 세상살이 철부지인 손자를
걱정스레 내려다보시겠거니 생각한다

할머니, 쪼끔만 더 기다려주세요.

딸기 철

봄마다 딸기 철에 가장 많이 생각나는 사람
은 우리 딸
봄마다 딸기가 그렇게 먹고 싶다 했지만
딸기를 사주지 못했던 우리 딸
제 엄마 시장에 가면 따라가 치마꼬리 잡고
딸기 사달라고 조르고 조르던 아이
그러나 제 엄마는 딸아이에게 딸기를 사줄
만한 돈이 없어
딸기장수 아주머니 보지 못하게 하려고 치
마로 일부러
가리고 다녀야만 했던 우리 딸
제 엄마 딸기장수 아주머니에게 100원어치
만 200원어치만
딸기를 팔 수 없겠냐고 말했다가 된통 혼나
게 만든 우리 딸
봄이 와 딸기 철이면 제일 먼저 딸아이에게

딸기를 사주고 싶다

  딸기를 먹고 있는 딸기 같은 딸아이를 보고
싶다

  그러나 그 아이 이제는 어른으로 자라 시집
을 가서

  딸기 사달라고 조르던 제 어릴 때만큼의 딸
아이를 둔

  엄마가 되어버렸다.

어린이날

다른 집 아이들 모두
놀이동산 갔는데
집에서 놀고 있는 아이

다른 집 아이들 모두
좋은 선물 받았는데
시무룩이 앉아 있는 아이

다른 집 아이들 모두
맛난 것 먹고 있는데
혼자서 울고 있는 아이

예전엔 우리 집
아이들이 그랬는데
오늘은 또 어느 집 아이들이
그러고 있을까?

제 3 부

측은지심

2010. 6. 3

어린 슬픔

서리 내린 아침
눈부신 햇살 뒤집어쓴
장미 어린 꽃송이에게 묻는다

나의 시는 아직 망하지 않았는가?
나의 인생은 아직도 잘 따라오고 있는가?

외로워할 것이 없는데 외로워하고
슬퍼할 것이 없는데 슬퍼하는 것이 사랑이다
끝내 사랑할 필요가 없는데 사랑하는 것이
사랑이다

피를 물고 서있는 붉은
어린 장미에게 말해본다.

엄마

하나의 단풍잎 속에
푸른 나뭇잎이 있고
아기 나뭇잎이 있고
새싹이 숨어 있듯이

우리 엄마 속에
아줌마가 살고 있고
아가씨가 살고 있고
여학생이 살고 있고
또 어린 아기가 살고 있어요

그 모든 엄마를 나는
사랑해요.

풀꽃과 놀다

그대 만약 스스로
조그만 사람 가난한 사람이라 생각한다면
풀밭에 나아가 풀꽃을 만나보시라

그대 만약 스스로
인생의 실패자, 낙오자라 여겨진다면
풀꽃과 눈을 포개보시라

풀꽃이 그대를 향해 웃어줄 것이다
조금씩 풀꽃의 웃음과
풀꽃의 생각이 그대 것으로 바뀔 것이다

그대 부디 지금, 인생한테
휴가를 얻어 들판에서 풀꽃과
즐겁게 놀고 있는 중이라 생각해보시라

그대의 인생도 천천히
아름다운 인생 향기로운 인생으로
바뀌게 됨을 알게 될 것이다.

여름의 일

골목길에서 만난
낯선 아이한테서
인사를 받았다

안녕!

기분이 좋아진 나는
하늘에게 구름에게
지나는 바람에게 울타리 꽃에게
인사를 한다

안녕!

문간 밖에 나와
쭈그리고 앉아있는
순한 얼굴의 개에게도

인사를 한다

너도 안녕!

측은지심 · 1

너는 눈썹이 예쁜 아가씨
키가 좀 작고 눈이 좀 작고
손가락 발가락이 좀 짧지만
머리칼이 치렁한 아가씨

말을 걸거나 부르면 너는
상냥한 목소리로 네, 하고 대답한다
그러나 그 네, 라는 대답이
다른 사람과는 많이 다르다

네— 길게 시원스럽게 하는 대답이 아니라
네 · 짧게 반만 끊어서 하는 대답이다

무언가 많이 모자란 듯한
네 · 라는 반쪽짜리 대답 속에
아쉬움이 있고

섭섭함이 있고
안쓰러움이 있다

네· 하는 짧은 반쪽짜리
너의 대답의 나머지를
채워주고 싶은 것이
언제나 나의 사랑이었다.

측은지심 · 2

가을도 기울어 찬바람 불고
서리까지 내리면
나무들 서둘러 여름에 입었던
옷들을 벗는다

더러는 날씨 추워져도 시퍼런 이파리
여전히 매달고 있는 나무들 있다
묵은 나무라면 새로 난 가지에 붙은 이파리요
아니면 나이 어린 철부지 나무들이다

애들아 겨울이 오면
이파리를 버리고 겨울잠을 자는 거란다
그래야 또다시 오는 봄
빛나는 새 이파리로
우리 다시 만날 수 있는 거란다.

축복

아기가 자라
할머니 집에 가
할머니에게 하는 말
할머니 많이 보고 싶었어요
아프지 마세요
오래 오래 사세요

오냐 오냐
할머니도 주머니에서
용돈 꺼내 주면서
애기야 애기야
이걸로 맛난 것 사서 먹고
이담에 좋은 세상 살거라.

비단 끈

풀밭에 비단 끈이 떨어져 있다
어떤 아이가 쓴 뱀이란 글이다

만약 그 아이가 비단 끈을 집어 들었다면
뱀은 아이를 물었을 것인가?

물었을 것이라 대답하는
심각한 얼굴의 당신은 어른이고

물지 않았을 것이라 웃으며 말하는 당신은
아이거나 필경은 시인이다.

꽃잎

천사들이 신었던
신발이 흩어져 있네

미끄럼틀 아래
그네 아래 그리고
꽃나무 아래

무슨 급한 일이 있어
천사들은 신발을 버려둔 채
하늘나라로 돌아간 것일까?

시월

골목길 들어설 때
물방울 튀기듯
쏟아지는 피아노 소리

아!

가슴을 쓸며
올려다보는 하늘에
감 알이 하나
익어 있었다.

풀꽃 · 2

이름을 알고 나면 이웃이 되고
색깔을 알고 나면 친구가 되고
모양까지 알고 나면 연인이 된다
아, 이것은 비밀.

수선화 · 1

하도 많이 웃어서
진노랑 빛

하도 많이 웃어서
오리 주둥이

키 작은 나를 보고서도
재미있다 깔깔대지만

제 키가 얼마나 작은지
그 애는 알지 못한다.

수선화 · 2

잘못했습니다
잘못했습니다
참말 잘못했습니다

열 번 스무 번 무릎 꿇고
자복하고 용서를 빌 때
봄은 봄이다

탁, 하고 마른 나무
가지마다 잎눈 꽃눈은
열리고

마른 땅에서 수선화 꽃 대궁
물 먹은 붓끝을 불쑥
밀어올리기도 할 것이다.

동백

짧게 피었다 지기에
꽃이다

잠시 머물다 가기에
사랑이다

눈보라 먼지바람 속
피를 삼킨 통곡이여.

구절초

마디마디 아홉 마디 새하얀 그리움
오래 기다린 사람의 냄새가 난다
오래 기다리다가 떠나간 사람의
눈빛이 숨었다
흘러가는 구름에도 씀벅
고이는 눈물
한 왕조가 무너져 내리는 슬픔으로
이 가을도 이렇게 간다고 그러랴!

초라한 고백

내가 가진 것을 주었을 때
사람들은 좋아한다

여러 개 가운데 하나를
주었을 때보다
하나 가운데 하나를 주었을 때
더욱 좋아한다

오늘 내가 너에게 주는 마음은
그 하나 가운데 오직 하나
부디 아무 데나 함부로
버리지는 말아다오.

감나무 아래

감 알 하나 툭 떨어진다
마음도 떨어진다

와스스 나뭇잎 쏟아진다
마음도 쏟아진다

네가 문득 보고 싶었다.

꽃 · 1

다시 한 번만 사랑하고
다시 한 번만 죄를 짓고
다시 한 번만 용서를 받자

그래서 봄이다.

꽃 · 2

누군가 이 시간 당신을
사랑하는 사람이 있다고 생각하면
살맛이 날 것이다

어딘가 이 시간 당신을 위해
기도하는 사람이 있다고 생각하면
더욱 살맛이 날 것이다

더구나 당신이 세상으로부터
사랑받는 사람이라고 생각한다면
드디어 당신은 꽃이 될 것이다

팡! 터져버리는 그 무엇
알 수 없는 은은한 향기, 그것은
쉬운 일이기도 하고
어려운 일이기도 하다.

그리움

가지 말라는데 가고 싶은 길이 있다
만나지 말자면서 만나고 싶은 사람이 있다
하지 말라면 더욱 해보고 싶은 일이 있다

그것이 인생이고 그리움
바로 너다.

제4부

잔
치
국
수

2009. 9. 28 대엽

서울 · 1

갈 수도 없고
가지 않을 수도 없는 곳

생각할 수도 있고
생각하지 않을 수도 없는 사람

사막 그 너머 어디쯤 있고
내 마음 속에도 있는 도시

영원히 서운하고
울적한 그 이름.

서울 · 2

아침에 집을 나서서
이 곳 저 곳 헤매 다니다가
길을 잃고 저녁 때
정박한 항구

불빛과 소리와 친하고
외로움하고도 이웃해 살다가
끝내는 고향이
되고 말았다.

아무르

새가 울고
꽃이 몇 번 더 피었다 지고
나의 일생이 기울었다

꽃이 피어나고
새가 몇 번 더 울다 그치고
그녀의 일생도 저물었다

닉네임이 흰 구름인 그녀,
그녀는 지금 어느 낯선 하늘을
흐르고 있는 건가?

아무르, 아무르 강변에
꽃잎이 지는 꿈을 자주 꾼다는
그녀의 메일이 왔다

아무르, 아무르 강변에
새들이 우는 꿈을 자주 꾼다고
나도 메일을 보냈다.

논두렁 건달

어떤 시인이 어떤 시인더러
논두렁 건달이라고 욕했다는 말을
들은 적이 있다

그러고 보니 나도 논두렁 건달이었던
시절 있었다
하얀 와이셔츠 차림이었을 것이다
운동화를 신었을 것이다

운동모자라도 하나 삐딱하게 썼을까?
새로 나온 문학잡지며 신간시집 몇 권
옆구리에 끼었을 것이다

거들거들 논두렁길 걷다보면 개구리들
차가운 오줌을 찌익, 갈기며
논바닥으로 텀벙 뛰어내리고

우렁이나 송사리도 몇 마리 보였을 터!

먼 하늘에 떠 있는 흰 구름
나 잡아봐라 나 따라와 봐라
손짓하기도 했을 것이다.

일박

막차에서 내린 마을은 그냥 어두웠다
반딧불 두어 개로 흩어진 집들
그 집들 가운데 하나

사립문도 변변치 않은 마당을 지나
황토 흙 토방이 높은 방에서
후배는 모친과 둘이서만 살고 있었다

모친은 낯선 손님을 위해
헛간의 아궁이에
일찍부터 군불을 지피고 계셨다

어둠 속에 입 벌린
아궁이 가득, 선홍빛 장작불
거기 얼비쳐 너울대는 동백꽃수풀

시내버스 운전기사도 그 마을에서
하룻밤 묵어간다고 했다.

태평양

마음을 보냈으나
끝내 돌아오지 않았다
물소리 바람소리 몇 가닥
물새 두어 마리 돌아와 또
우짖었을 뿐이다.

백제문화제

쓸쓸한 나라 옛 백제
너무 쓸쓸해하지 말라고
시월이면 해마다 백제문화제가 열린다
품바도 찾아오고 각설이도 찾아와 한판
신명나게 놀다가 간 자리
엉겅퀴 두벌꽃은 또 피었다 진다.

논산

한 발 일찍 해가 뜨고
한 발 늦게 해가 지는 동네

해가 지고서도 한참 동안
발밑을 떠나지 못하고
칭얼대는 땅거미

들판 멀리 켜지는 등불 빛 보며 울컥
나도 따라 울고 싶어지는 땅

딸랑딸랑 워낭소리
달구지 함께 어둠 속을 돌아오시는
아버지, 아버지, 아버지.

쌀

예전에 교장으로 일하던 고장
장기면 소재지 자동차 타고 지나가는 길
농협 사무실 앞 도로변에
커다란 글씨로 써 걸어 논 플래카드
'아, 어찌할꼬 쌀이 웬수다'
저러면, 정말 저러면 안 되는데!
드넓은 가을들판 많이는 벼 벤 논
더러는 아직 벼 베지 않은 논
아, 저러면 안 되는데!

전화가 왔다

청양 누이한테서 전화가 왔다
해마다 꽃철이면 같이 꽃을 보자 그랬는데
올해는 그 약속 지키지 못했노라고

칠갑산 장곡사로 가는 시오리길
휘어져 구불구불 두 줄로 벚꽃 피어 있던 길
멀리서 보거나 가까이 보거나 꿈결 같던 길
코끝까지 꽃향기로 매캐하던 길

그래도 생각이 나 찾아가 보니
올해 핀 꽃들은 어느새 지고 있더라고
그 꽃 다시 보려면 1년은 더 기다려야 할 것
이라고

전화기로 들려오는 누이의 목소리에서
아득히 멀리 꽃잎이 날리고 있었다

꽃잎 가운데서도 분홍빛 물먹은 청양의
칠갑산 장곡사 꽃잎이 날리고 있었다.

비애

절간의 연못에 헤엄치는 물고기
살이 너무 쪄서 슬프다
커다란 몸뚱아리 흔들며 먹이 달라
입 벌리는 탐욕이 너무 커서 슬프다.

생명

누군가 죽어서
밥이다

더 많이 죽어서
반찬이다

잘 살아야겠다.

꿈 · 1

생시와 너무 달라 퍼뜩
잠에서 깨어나던 꿈

이제는 생시와 너무 비슷해 놀라
자리에서 일어나는 꿈

밤중에 불을 켜고 지갑을 잃지 않았나,
양복 주머니를 뒤지기도 한다.

꿈 · 2

바람이 불어요
어서, 어서 오세요
방안으로 들어와
문을 닫아요
떨어진 모란 꽃잎이
뒤따라 와요.

건각

인간의 몸 가운데서
가장 아름답고 잘 생기고
믿음직스런 부분은 다리

어디든 우리를 데리고 간다
불평 없이 힘든 일을
자청한다

꿈꾸는 건 가슴이요 머리지만
그 꿈을 실현케 하는 건
오직 다리

먼 곳으로 우리를
여행 떠나게 하는 것도
오직 다리

보라!
자전거 바퀴를 힘차게
돌리는 저 다리

젊은 여성의 스커트나
청바지 입은
팽팽한 저 다리

드디어
마라토너의
성스러운 다리.

잔치국수 · 1

잔치국수는 눈물이다
눈물이라도 툼벙툼벙 떨어지는 눈물이 아
니라
볼을 타고 소리 없이 흐르는 눈물이다

잔치국수는 울음이다
울음이라도 가슴 치는 통곡이 아니라
흐느껴 목구멍 속으로 잦아드는 울음이다

잔치국수는 해거름녘이다
끼니때도 훨씬 지난 새참 때
길게 늘어뜨린 그림자다
휘청휘청 걷는 걸음걸이다

고운 눈썹 시집 간 누나가 먹고 갔다
점잖은 사돈어른이 자시고 갔다

당숙어른도 외삼촌도 한 그릇씩 자시고 갔다.

잔치국수 · 2

날마다 사는 일이 어찌
잔칫날이기만을 바라랴
더러는 고개 어수룩이 숙여지고
두 무릎조차 떨리는 날

허청허청 걸어서 시장길 골목 안
국수집 찾으면 단골을 알아보고
반갑게 인사하며 맞아주는
젊은 주인아낙네 푸진 웃음이 먼저 잔칫날
이다

국수집 좁은 방안 작은 식탁을 사이에 두고
한가득 마주 앉아 후룩 후루룩
국수를 먹고 있는 손님들이 또 잔칫날이다

세상살이 때로 고달프고 그냥

모든 거 접고 떠나버리고 싶더라도
쉽게 그러지는 마시라

더러는 시장길 골목 안 잔치국수집 찾아
왁자한 사람들을 만나보기도 하실 일이다
사람들 소리의 강물 속에 시들은 귀도
잠시 적셔볼 일이다.

잔치국수집 앞

장날이라 손님들 많아
시장 통 잔치국수집 앞
통나무 의자 위에 앉아 있는데
국제전화가 걸려왔다

지금 뭐하냐고 묻기에 점심시간이라
시장거리 잔치국수집 앞에 앉아
빈자리 순번을 기다린다 말했더니

지난번 만났을 때 잔치국수
사 준다 그랬는데 언제
사줄 거냐고 또다시 묻는다

그 목소리 하도 애잔해 글쎄
비행기 타고 한국 와야 사 줄 거 아니냐고
이쪽도 애잔한 마음 아직

피지 않은 봄꽃 지레
가슴에 피어서 붉은 빛이다.

저녁

누군가 커다란 책의 낡은 한 페이지를
넘기려 하고 있다
누군가 근심스런 눈빛으로 이쪽을
바라보고 있다

그러나 걱정하지 말라
잠이 급한 자는 잠들 것이요
잠이 먼 자는 깜깜한 밤 속에서도
빛나는 별빛을 꿈꿀 것이요 더하여
달빛을 보기도 할 것이다

운이 좋으면 또다시 커다란 책의
새로운 페이지가 열리는 것을
보기도 할 것이다

싸아 하니 햇빛은 다시 살아나고

강물은 흘러 소리를 되찾을 것이요
들판 위에 새들은 지저귀며
추운 밤 집이 없어 후회했던 일들을
또다시 잊어도 좋을 것이다.

폐교

여자 선생님 가늘고 새하얀
손가락이 만들어내는
오르간 소리

학교 늙은 아저씨
느리게 치는 놋쇠
종소리

유리창까지 기어 올라온 나팔꽃
또또따따 소리 없는
나팔 소리

환청으로 듣는다, 아이들
벽 속에 갇혀
떠드는 소리.

"심장의 황홀경"
또는 시의 존재 이유 앞에서
나태주 시인의 《황홀극치》가 우리에게 말해 주는 것

장경렬(서울대 영문과 교수)

1

나태주 시인이 보내온 시편들을 읽는 도중 습관처럼 책상 위에 놓인 찻잔을 든다. 찻잔을 들어 입으로 가져가다 언뜻 눈길을 주니, 어느새 찻잔 안에는 누런 얼룩이 져 있다. 녹차를 즐기다 보면 이처럼 잠깐 사이에 찻잔 안에 얼룩이 지게 마련이다. 남은 차를 얼른 들이마신 다음 찻잔을 들고 부엌으로 간다. 곧이어 수세미에 세제를 묻혀 찻잔 안을 정성껏 닦은 다음 흐르는 물에 헹군다. 그리고 다시 찻잔 안을 살펴보니 아직 얼룩이 남아 있다. 닦고 헹구기를 다시 한 번 되풀이하나 여전히 옅은 자국의 얼룩이 지워지지 않은 채 남아 있다.

맥이 빠져, 찻잔 안의 좀처럼 지워지지 않는 얼

121

룩을 우두커니 들여다보며 생각에 잠긴다. 따지고 보면, 녹차 얼룩을 완전히 없애는 일이 쉽지 않았던 것은 한두 번이 아니다. 그런데 지워지지 않는 얼룩이 평소와는 달리 예사로워 보이지 않는다. 예사로워 보이지 않는다니? 사실 예사로워 보이지 않았을 뿐만 아니라 마음까지도 편치 않다. 무엇 때문인가. 그렇다, 찻잔 안의 얼룩이 마치 내 마음의 벽을 덮고 있는 삶의 얼룩 같아 보이기 때문이다. 어찌 보면, 삶이란 지우기 어려운 얼룩을 미음 안에 하나둘 만들어 가는 과정인지도 모른다. 평소에는 생각지 않다가 어느 순간 우연히 의식하고는 부끄러움에 몸을 떨게 만드는 얼룩을 새겨 가는 과정일 수도 있겠다.

찻잔의 얼룩과 씨름하던 바로 그 순간, 무엇 때문에 그처럼 갑작스럽게 마음의 얼룩을 의식하게 되었던 것일까. 아마도 나태주 시인의 시 때문이었으리라. 아니, 나태주 시인의 시 때문이었다. 이에 대해서는 길다란 설명이 필요치 않다. 다만 그의 이번 시집 맨 앞에 나오는 다음 작품을 읽는 것으로도 충분할 것이다.

혼자 노는 날

강아지풀한테 가 인사를 한다
안녕!

강아지풀이 사르르
꼬리를 흔든다

너도 혼자서 노는 거니?

다시 사르르
꼬리를 흔든다.

　　　　　　　　　—〈강아지풀에게 인사〉 전문

　들판이든 한적한 길모퉁이든 세상 어디를 가나
눈에 띄는 잡초가 강아지풀이다. 너무도 흔하게 눈
에 띄어 정작 눈길을 끌지 못하는 풀, 꽃을 피워도
꽃을 피웠는지조차 확인하기 어려운 잡초가 강아
지풀일 것이다. 다시 말해, 누구도 주목하지 않는
잡초 가운데 가장 '잡초다운' 잡초가 강아지풀이
다. 그런데 시인은 강아지풀의 키만큼이나 눈높이
와 마음높이를 낮춰 눈길과 마음을 강아지풀에게
향한다. 그리고 강아지풀에게 인사를 건넨다. 인사
를 건네고는 "혼자서 노는" 것이 자신뿐만 아님을,

강아지풀도 혼자 놀고 있음을 묻고 확인한다. 다시 말해, 시인은 강아지풀에서 자신의 모습을 확인하고 자신의 모습에서 강아지풀을 확인한다.

어떤가. 동심童心이 있는 그대로 짚이지 않는가. 그런데 동심을 담고 있는 이 같은 시가 60대 중반의 나이에 이른 시인의 작품인 것이다. 이처럼 동심이 가득한 눈으로 세상을 바라보는 이 시인의 정체는 무엇인가. 필경 이런 시와 만나다 보면 나태주 시인은 '세속의 때가 묻지 않은 순수한 사람'이라는 판단에 쉽게 동의할 수도 있겠다. 정말 그럴까. 세속의 때가 묻지 않은 순수한 사람이라서 그가 이처럼 동심이 가득 담긴 시를, 동시를 쓴다 의식하지 않으면서도 동시와 같은 시를, 60대 중반의 나이에 이르러서도 쓰는 것일까. 이 지점에서 우리는 시인이 전략적으로 이런 시를 쓰고 있다는 추론을 해 볼 수도 있겠다. 다시 말해, 그 역시 찻잔 안에 진 녹차 얼룩에서 마음의 얼룩을 읽고 있는 나만큼이나 세속의 때가 끼어 있어 이 때문에 괴로워하는 사람임에도 불구하고, 전략적으로 이런 시를 쓰고 있다는 추론을 해 볼 수도 있겠다. 하지만 '전략적으로'라니? 여기에서 우리는 '낯설게 하기'라는 시적 전략을 문제삼을 수도 있을 것이다. 즉,

언어적으로든 인식론적으로든 세계를 낯설게 하는 데서, 세계를 낯설게 함으로써 무뎌진 우리의 언어 감각이나 인식 능력에 충격을 가하는 데서 시의 존재 이유를 찾는 입장에서 보면, 동심에 호소하는 것도 일종의 낯설게 하기 전략일 수 있다. 하지만 '전략'이라 함은 일관되거나 체계적인 '태도' 또는 '포스쳐posture'를 숨기게 마련이고, 일관되거나 체계적이라는 바로 그 이유 때문에 필경 드러나게 마련이다. 그리고 때때로 시인은 은연중에 전략을 노출함으로써 독자의 마음을 일정한 방향으로 유도하기도 한다. 하지만 나태주 시인의 시 세계에서는 그런 흔적이 어디에서도 확인되지 않는다. 다만 진지하고 소박한 마음으로 대상을 응시하고 있는 시인의 마음만이 짚일 뿐이다. 말하자면, 동심을 드러내고 있는 시인의 마음은 무의식적인 것처럼 보인다.

그렇다면 나태주 시인에게 그처럼 전략과 관계없이 또는 무의식적으로 동심을 드러내도록 하는 것은 무엇일까. 여기서 우리는 한국 시단의 아는 사람들은 다 알고 있는 이야기를 들먹이지 않을 수 없는데, 그는 얼마 전 죽음의 문턱을 넘나드는 병고를 치렀다. 그 때문인지 몰라도 나태주 시인의 최근 시 세계에서는 깊은 고통이 이끈 깨달음의 분위기가 느껴진다. 아니, 삶을 살아가는 인간이라면 으레 가질 법한 욕심과 절망과 분노의 마음이 그의 시 세계에서는 느껴지지 않는다. 지난 2009년에 출간한 시집 《너도 그렇다》(종려나무)가 이미 증거하고 있듯, 그의 최근 시 세계에서는 죽음에 이르는 고통을 체험한 사람들이 삶과 죽음을 향해 지니고 있을 법한 따뜻하고 정겨운, 정겹고도 맑은 이해의 눈길이 확인된다. 행여 그런 연유로 그의 시 세계가 동심의 세계와 더욱 가까워진 것은 아닌지? 그리고 그처럼 그의 마음이 욕심과 절망과 분노를 초극한 동심의 세계로 다가가 있기 때문에 그의 시를 접하는 사람들에게 굳어지고 무디어진 마음을 일깨우는 강력한 자극제가 되고 있는 것은 아닐지?

나태주 시인의 시 세계가 찻잔의 얼룩마저도 예민하게 의식하도록 내 마음을 자극했던 것은 그 때문인지도 모르겠다. 어쩌면 나태주 시인의 이번 시집 《황홀극치》에 담긴 작품 세계가 나를 불편케 하고, 그 때문에 한동안 나에게 그의 시 세계를 객관적인 눈으로 살펴보지 못하게 했던 것은 그 때문인지도 모른다. 시론을 쓰면서 이번 경우처럼 글 쓰기가 어렵게 느껴졌던 적은 좀처럼 기억에 없다.
그럼에도 불구하고, 몇 마디 사족과도 같은 글을
그의 시집에 덧붙인다. 그렇게 하는 내 마음은 실
로 참담하다. 할 말이 없기 때문에 참담한 것이 아
니라, 해야 할 이야기가 무엇인지 모르기 때문에
참담하다. 그럼에도 불구하고, "혼자서 노는" 강아
지풀처럼 나는 나태주 시인의 시를 읽고 "다시 사
르르 / 꼬리를 흔"드는 마음으로 지금의 글 쓰기를
계속하기로 한다.

2

언제나 그러하듯, 나태주 시인의 시 세계에서 우
리가 무엇보다 자주 만나는 것은 주변의 보잘것없
는 사물들이다. 앞서 언급한 〈강아지풀에게 인사〉
가 하나의 예가 될 수 있듯, 시인은 언제나 눈높
이와 마음높이를 낮춘 채 사람들이 좀처럼 눈여겨
보지 않는 주변의 사물들에게 세심하고 정성스런
눈길과 마음을 보낸다. 그리고 이 과정에 적지 않
은 사물들이 새롭고 깊은 의미에 감싸여 환하게 빛
을 발한다. 어찌 보면, 나태주 시인의 시선과 언어
는 신데렐라에 등장하는 요정의 마술 지팡이와도
같이 사소한 것을 황홀한 그 무엇으로 변모케 하

는 역할을 한다고도 할 수 있다. 이와 관련하여 우리가 이번 시집에서 특히 주목하고자 하는 작품은 〈넝쿨손〉이다.

저 하늘 저 들판이
마지막으로 바라보는 풍경이라면!
저 새소리 물소리 풀벌레소리
마지막으로 듣는 세상의 음성이라면!

아, 지금 웃고 있는 너의 얼굴이
세상에서 마지막으로 보는
사랑하는 사람의 얼굴이라면!

높은 담장 꼭대기까지
더듬어 올라간 나팔꽃 줄기 끝
허공을 향하여 바르르 떨고 있는
넝쿨손을 나는 지금 보고 있다.

―〈넝쿨손〉 전문

모두 3개의 연으로 이루어진 이 시의 첫째 연과 둘째 연은 가정假定의 표현을 담고 있다. 즉, "풍경"과 "음성"과 "얼굴"이 "나"에게 "마지막"일 경우를 가정한다. 문제는 "-이라면"이라는 표현이 암시하듯 이는 현재적 상황에 대한 가정이라는 점이다. 이처럼 첫 두 연이 현재적 상황에 대한 가정을 담고 있다는 점은 시인이 전달하고자 하는 시적 메시지와 관련하여 대단히 중요한 역할을 하는 것으로 판단되는데, 이는 '-이라면'을 '-이었다면'으로 바꿔 놓는 경우 쉽게 확인될 수 있을 것이다. 만일 문제의 표현들이 '-이라면'이 아니라 '-이었다면'으로 끝났다면, '그럴 수도 있었는데 그렇지 않았다'로 읽힐 것이다. 말하자면, 죽음의 문턱까지 갔으나 회복하여 "풍경"과 "음성"과 "얼굴"을 '여전히 보고 듣고 느끼게 되었다'의 의미를 담는 것으로 읽힐 수 있다. 자연히 셋째 연은 살아 보고 듣고 느낄 수 있기에 "나팔꽃 줄기 끝"의 "넝쿨손을 나는 지금 보고 있다"로 읽히게 된다. 즉, '살아 있지 않았다면 볼 수 없었던 나팔꽃 줄기 끝의 넝쿨손을 내가 지금 보고 있다'가 이 시가 전하는 메시지가 되었을 것이다. 다소 싱겁다고 느껴지지 않은가.

하지만 "-이라면"은 전혀 다른 방향으로 이 시에 대한 작품 읽기를 가능케 한다. 무엇보다도 현재의 상황을 "마지막"일 수 있는 경우를 가정함으로써 이 시의 첫 두 연은 '현재의 상황이 뜻하지 않게 바뀐다면 어쩔 것인가'의 의미를 담게 된다. 말하자면, 두 연은 시인 자신에게든 독자에게든 강력한 물음을 던지고 있으며, 셋째 연은 그 물음에 대한 시인의 답변일 수 있다. 즉, 물음에 대한 답변을 대신하는 것이 "허공을 향하여 바르르 떨고 있는 / 넝쿨손을 나는 지금 보고 있다"라는 구절일 수 있다. 또는 "허공을 향하여 바르르 떨고 있는 / 넝쿨손"에서 답을 찾으라는 암시의 눈길을 담고 있는 것이 셋째 연일 수 있다. 어찌 보면, 마지막으로 단 한 번이라도 "담장"을 넘어 "저 하늘 저 들판"을 보고 "저 새소리 물소리 풀벌레소리"를 듣는 동시에 "지금 웃고 있는 너의 얼굴"— 넝쿨손의 입장에서 보면 시인의 얼굴—을 보고자 하는 시인의 의지를 담고 있는 것이 "나팔꽃 줄기 끝"의 "넝쿨손"일 수도 있다. 결국 이는 곧 생명을 향한 시인의 줄기찬 의지가 투사된 넝쿨손인 것이다. 요컨대, "허공을 향하여 바르르 떨고 있는" "나팔꽃 줄기 끝"의 "넝쿨손"은 한낱 관찰 가능한 수많은 자연 현상 가운데 하나로 머물지 않고 생명을 향한 시인—또한 시인을 포함한 살아 있는 모든 생명체—의 염원을 담은 그 무엇인 것이다. 일찍이

윌리엄 블레이크William Blake가 〈순수의 전조Auguries of Innocence〉라는 시에서 "한 알의 모래에서 세계를 보고 / 한 송이 들꽃에서 천국을 보는 것, / 그대 손바닥 안에 무한을 쥐고 / 한 순간에 영원을 잡는 것"에 대해 노래하듯, 나태주 시인은 "나팔꽃 줄기 끝"의 "넝쿨손"에서 온 생명의 떨림과 숨결을 보고 있는 것이다.

물론 "마지막"의 상황을 현재적 가정에 담아 이야기하는 일은 누구에게나 가능한 것이 아니다. 오로지 죽음 앞에서 경건할 수 있었던 사람, 또는 죽음 직전까지 갔다가 기적적으로 살아 돌아온 사람에게나 가능한 것인지도 모른다. 평자가 보기에 나태주 시인의 〈넝쿨손〉이 각별하다 느껴지는 것은 이 때문이다.

〈넝쿨손〉과 관련하여 우리가 하나 더 생각해 보아야 할 것은 현재적 가정을 담은 첫째 연과 둘째 연 사이의 연 나눔이 굳이 필요한 것인가의 문제다. 이와 관련하여 우리는 첫째 연의 가정이 포괄적인 자연의 세계와 관련된 것이라면 둘째 연은 일종의 전환점 역할을 한다는 점에 유의해야 할 것이다. 다시 말해, 둘째 연의 "지금 웃고 있는 너의 얼굴"은 첫째 연에서 담을 수 없는 어느 한 구체적인 대상을 떠올리게 한다. 그것이 담장을 넘은 "넝쿨손"이 보게 된 시인의 얼굴이든 또는 "넝쿨손"이 담장을 넘음으로써 그와 함께 비로소 시인에게 그 모습을 드러낸 한 송이 "나팔꽃"이든 관계없이, 이 시의 둘째 연은 첫째 연에 제시된 막연한 세계가 의지를 지닌 구체적인 하나의 사물 또는 의식의 주체로 바뀌는 극적인 순간을 암시하기 위한 것일 수 있다. 따라서 연 나눔은 지극히 자연스럽고 당연한 것일 수 있다.

길지 않은 지면에 우리가 반드시 검토하고 넘어가야 할 또 한 편의 시가 있다면 이는 〈황홀〉이다. 이 시 역시 아무도 주목하지 않을 우리 주변의 보잘것없는 대상 또는 자연 현상이 시적 소재가 되고 있다. 하지만 시인의 시선과 언어를 통해 더할 수 없이 미묘한 의미의 세계로 우리를 이끈다.

> 시시각각 물이 말라 졸아붙는 웅덩이를
> 본 일이 있을 것이다
> 오직 웅덩이를 천국으로 알고 살아가던
> 송사리 몇 마리
> 파닥파닥 튀어 오르다가 뒤채다가
> 끝내는 잠잠해지는 몸짓

송사리 엷은 비늘에 어리어 파랗게
무지개를 세우던 햇빛, 그 황홀.

—〈황홀〉 전문

날이 가문 여름날 한적한 시골길을 따라가다 보
면 아마도 눈에 띄는 것이 "시시각각 물이 말라 졸
아붙는 웅덩이"일 것이다. 시인의 시선은 그 웅덩
이에서 몸을 뒤척이는 "송사리 몇 마리"에게 향
한다. 그것도 "파닥파닥 튀어 오르다가 뒤채다가
/ 끝내는 잠잠해지는 몸짓"을 관찰할 때까지 아
주 오랜 시간을. 말하자면, 시인의 눈길은 그냥 스
쳐 지나가는 그런 것이 아니다. 사물을 향해 보내
는 시인의 시선이 얼마나 정성스러운 것인가를 여
기에서 확인할 수 있지 않을까. "한 알의 모래에서
세계를 보고 / 한 송이 들꽃에서 천국을 보는 것,
/ 그대 손바닥 안에 무한을 쥐고 / 한 순간에 영원
을 잡는 것"은 이처럼 지극한 정성이 담긴 눈길을
통해서가 아니고서는 쉽지 않은 일이리라.

아무튼, 시인이 보기에 필경 송사리에게 웅덩이
는 세상 그 자체다. 시인의 표현에 의하면, "천국
으로 알고 살아가던" 곳이다. 그런데 이 "천국"이
"시시각각" 변하고 있는 것이다. 천국이 지옥으로

변하고 있는 것일 수도 있겠다. 문제는 천국이 시시각각 지옥으로 변할 수 있음을, 또한 변하고 있음을 천국에 살던 생명체는 모른다는 점이다. 마치 비가 오는 동안 한길 바닥으로 나왔다가 습기를 빼앗는 태양의 뜨거운 열기에 영문도 모른 채 온몸을 비틀며 죽어 가는 지렁이처럼. 어디 송사리나 지렁이뿐일까. 저 높은 곳에 절대자가 있어 지상을 내려다본다면 그가 보기에 인간 역시 마찬가지 아닐까. 그런 점에서 세계는 우리에게 송사리의 웅덩이와 같은 곳은 아닐지? 사실 우리가 살아가는 세계는 우리의 지력知力이 미치는 한 우주 어디에서도 찾을 수 없는 이상적인 생태 환경이라는 점에서 이른바 "천국"일 수도 있겠다. 바로 이 "천국"에서 살아가는 인간은 기껏해야 웅덩이 안에서 "파닥파닥 튀어 오르다가 뒤채다가 / 끝내는 잠잠해지는" 송사리와 같은 존재 아닐까. 이런 의미에서 〈황홀〉은 단순한 자연 형상에 대한 관찰의 시가 아니라 우리 자신의 삶을 되돌아보게 하는 성찰의 시일 수도 있다.

물론 이것으로 〈황홀〉에 대한 읽기가 끝날 수 없는데, "송사리 엷은 비늘에 어리어 파랗게 / 무지개를 세우던 햇빛, 그 황홀"이라는 수수께끼 같은 구절에 대해 해명이 필요하기 때문이다. 일차적으로 이는 '죽은 또는 죽기 직전의 송사리의 몸에 햇빛이 반사되어 무지개가 섰고, 그 무지개가 황홀할 정도로 아름다웠다'의 의미를 갖는 것으로 이해할 수 있다. 하지만 아무리 미물이라 하더라도 송사리는 처절한 몸부림 끝에 죽음을 맞이한 또는 이제 죽음 앞에 선 생명체다. 그런 생명체 앞에서 무지개의 황홀함이나 이야기할 만큼 시인이 무심한 사람일까. "강아지풀"에게까지 인사를 하던 시인이라면 그럴 수는 없다. 여기에서 우리는 시인이 보고 있는 것은 물리적 현상이 아니라 한 생명의 죽음이 갖는 우주적 의미일 수 있다는 추론을 해 볼 수도 있다. 세상이라는 공간에서든 웅덩이라는 공간에서든 하나의 생명체는 영원할 수 없다. 아니, 어찌 보면 죽음을 통해 새로 태어난 생명에게 자리를 내줌으로써 영원해지는 것이 바로 생명일 수 있다. 일찍이 타고르가 설파했듯, "마침내 삶을 완성하는 이"가 "죽음"(《기탄잘리》 91번)일 수 있으며, 삶과 죽음이란 엄마의 젖을 빨고 있는 아기에게 엄마의 "오른쪽 젖가슴"과 "왼쪽 젖가슴"과도 같은 것(《기탄잘리》 95번)일 수 있다. 바로 이 같은 마음가짐이 아니라면 어찌 "송사리 엷은 비늘에 어리어 파랗게 / 무지개를 세우던 햇빛"에서 "황홀"을 느낄 수 있겠는가. 타고르가 자기 부인과 자식들의 연이은 죽음을 겪으면서 죽음에 대한 긍정의 마음에 이르렀던 것처럼, 시인 나태주는 깊은 병고를 치르는 과정에서 얻은 것이 그와 같은 죽음을 향한 긍정의 마음이 아니었을까.

일찍이 제임스 조이스는 그의 자전적 소설 《젊은 예술가의 초상》에서 친구에게 이렇게 말한 적이 있다. "예술가의 상상력 안에서 미학적 이미지가 처음 잉태되는 순간 예술가는 바로 이 최상의 특성을 감지하게 되는 것이지. 바로 이 신비로운 순간을 체험하고 있는 예술가의 마음을 셸리는 아름답게도 가물가물 꺼져 가는 석탄불에 비유한 적이 있어. 아름다움이 지닌 최상의 특성이, 말하자면 심미적 이미지가 발하는 선명한 광채가 어느 한 예술가의 정신에 의해, 그것도 아름다움의 총체성에 사로잡혀 있고 그 아름다움의 조화로움에 매혹되어 있는 예술가의 정신에 의해 환하게 이해되는 바로 그 순간, 그가 체험하는 것은 심미적 쾌감으로 충만해 있는 환하고도 고요한 정지 상태라 해야겠지. 또는 이탈리아의 생리학자 루이기 갈바니가 셸리의 표현 못지 않게 아름다운 표현을 동원하여 심장의 황홀경이라 부른 생리학적 상태와 매우 유사한 영적 정지 상태라 할 수 있을 거야." 혹시, 셸리의 "석탄불" 또는 우리가 흔히 경험하는 촛불과도 같이, 가물가물 꺼져 가다 마지막 순간에 환하게 빛을 발하는 생명의 신비를 시인은 "송사리"에서 본 것은 아닌지? 그런 의미에서 시인 나태주가 보고 있는 것은 육체의 눈을 통해 본 자연 현상만이 아닐 것이다. 이는 시인이 상상력을 통해 보고 있는 꺼져 가는 생명의 마지막 환한 빛인지도 모른다. 바로 그런 의미에서 나태주 시인이 "시시각각 물이 말라 졸아붙는 웅덩이"를 보면서 느끼는 것은 조이스가 말하는 '심장의 황홀경'일 수도 있으리라. 아니, "시시각각 물이 말라 졸아붙는 웅덩이"를 응시하고 있는 시인이 시적 언어를 통해 전하는 바를 감지하는 가운데 우리가 느끼는 것이 다름 아닌 '심장의 황홀경'이 아닐지?

'황홀'은 과연 어떤 정신 상태를 말하는 것일까. 이에 대한 사전적 정의는 "눈이 부시어 어릿어릿할 정도로 찬란하거나 화려함, 어떤 사물에 마음이나 시선이 혹하여 달뜸, 미묘하여 헤아려 알기 어려움, 흐릿하여 분명하지 아니함"(국립국어원 표준국어대사전 인터넷 판)으로 되어 있다. 이처럼 무미

건조한 정의를 통해 '황홀'이 뜻하는 바가 감지되는지? 우리가 나태주 시인의 이번 시집의 제목 역할을 하고 있기도 하는 작품인 〈황홀극치〉를 주목하고자 함은 무엇보다도 '황홀'에 대한 살아 있는 의미를 찾기 위해서다.

황홀, 눈부심
좋아서 어쩔 줄 몰라 함
좋아서 까무러칠 것 같음
어쨌든 좋아서 죽겠음

해 뜨는 것이 황홀이고
해 지는 것이 황홀이고
새 우는 것 꽃 피는 것 황홀이고
강물이 꼬리를 흔들며 바다에
이르는 것 황홀이다

그렇지, 무엇보다
바다 울렁임, 일파만파, 그곳의 노을,
빠져 죽어버리고 싶은 충동이 황홀이다

아니다, 내 앞에

웃고 있는 네가 황홀, 황홀의 극치다.

도대체 너는 어디서 온 거냐?
어떻게 온 거냐?
왜 온 거냐?
천 년 전 약속이나 이루려는 듯.

—〈황홀극치〉 전문

　그렇다, '황홀'은 "눈부심"이요, "좋아서 어쩔
줄 몰라 함"이요, "좋아서 까무러칠 것 같음"이요,
"어쨌든 좋아서 죽겠음"이다. 하지만 이 모든 정
의에서 핵심을 이루는 것은 '어쨌든'이라는 말로,
이 말이 암시하듯 '황홀'은 논리든, 이성이든, 오성
이든, 지각이든, 분별력이든, 모든 것을 초월한 그
무엇이다. 이어서 시인은 둘째 연과 셋째 연을 통
해 땅과 바다에서 시인을 황홀케 하는 대상들이 무
엇인가를 차례로 밝히고 있다. 어찌 보면, 자연 그
자체가 시인을 황홀케 하는 대상이라 할 수 있다.
문제는 여기에서 암시되는 자연 예찬은 루소 이후
모든 낭만주의자들 공통의 것이라는 점, 따라서 하
나도 새로울 것이 없다는 데 있다. 인간의 문명화
과정은 자연과 멀어지는 과정이고 자연을 오염시

키고 탈脫신성화하는 과정이라는 가설에 준거하여 세워진 '문명을 벗어나 자연으로 돌아가야 한다'는 논리 또는 주장은 일견 타당하고 설득력이 있는 것으로 보이기도 하지만, 이는 일종의 문화적 원시주의原始主義, primitivism를 드러내는 지극히 소박한 발상일 수 있다. 인간은 논리적으로든, 언어적으로든, 현실적으로든, 결코 원시의 자연으로 돌아갈 수 없기 때문이다. 이런 관점에서 볼 때 만일 〈황홀극치〉가 셋째 연으로 끝난 시였다면, 또는 첫째 연에서 셋째 연에 담긴 내용을 담는 선에서 마무리된 시였다면, 이는 '황홀'에 대한 살아 숨쉬는 정의에도 불구하고 별다른 시적 의미는 지니지 못하는 작품이 되었을 것이다.

시인이 넷째 연에서 앞의 모든 진술을 부정함은 이런 의미에서 각별한 의미를 갖는다. 어찌 보면, 완벽한 기승전결起承轉結의 시적 전개 과정에서 '전'의 역할을 하는 것이 넷째 연으로, 앞의 연들은 진정으로 황홀한 대상이 얼마나 황홀한지를 강조하기 위해 동원된 일종의 수사적 보조 장치의 역할을 할 뿐이다. 문제는 모든 황홀한 대상이 발하는 '황홀'이라는 빛을 퇴색케 하는 "내 앞에 / 웃고 있는" "너"—다시 말해, 인격체로 표현된 "너"—가

과연 누구인가 또는 무엇인가다. 하지만 시인은 이에 대해 말이 없다. 이 시의 다섯째 연에서 답을 찾으려 하는 사람도 있을 수 있겠으나, 답은 어디에도 준비되어 있지 않다.

여기에서 우리는 우선 가장 손쉬운 추론을 할 수도 있다. 즉, "너"는 시인 주변의 어느 한 특정한 인격체를 지칭하는 것일 수 있다고 추론해 볼 수 있다. 하지만 이처럼 어느 한 특정한 인격체가 바로 "너"라면 우리의 논의는 여기에서 중단될 수밖에 없다. 물론 그 모든 황홀의 경지를 부정케 할 만큼 대단한 어느 한 존재가 시인에게 있다면 이는 호기심의 대상이 될 수는 있다. 하지만 시를 읽고자 하는 우리의 관심사는 될 수 없고, 따라서 우리는 이 시를 '황홀'에 대한 살아 있는 정의를 내려 준 작품으로 이해하는 선에서 만족해야 할 수도 있다. 왜냐하면 시 읽기란 말 그대로 시 읽기일 뿐 시를 창작한 시인의 사적 생활을 캐고 드는 일이 아니기 때문이다. 게다가 이 시의 "너"는 특정한 어느 한 인격체를 지칭하는 것일 수도 있음을 부정하기 어려울 만큼 아무것도 우리에게 전하고 있지 않기 때문이다.

하지만 우리에게 아무것도 이야기하고 있지 않다

는 바로 그 사실 때문에 이 시는 일종의 '열린 텍스트open text'가 되고 있으며, 그 때문에 우리의 시 읽기는 여기에서 멈출 수 없다. 아니, 바로 이 지점에서 이 작품에 대한 읽기를 새로운 각도에서 시도할 수 있거니와, 만일 "너"가 시인이 일생을 거쳐 사랑하고 추구해 온 그 무엇이라는 관점에서 이 시를 읽는다면 어떨까. 시인이 '일생을 거쳐 사랑하고 추구해 온 그 무엇'이라니? 그게 뭘까. 나의 무딘 상상력의 지평地平에 언뜻 떠오르는 것은 '시' 또는 '시적 상상력'이다. 다시 말해, 〈황홀극치〉에 등장하는 암시적 대상은 '시' 또는 '시적 상상력'으로 볼 수 있지도 않을지? 시인이 황홀해 하는 대상이 시 또는 시적 상상력이라면, 이 시는 전혀 다른 차원의 시 읽기를 가능케 한다. 조이스의 '황홀경'에 대한 진술을 우리는 시인의 세계 이해와 관련해서 계속할 수도 있다는 점에서 그러하다.

바로 이 지점에서 우리의 시 읽기는 어느 한 특정한 작품에 '억지로' 의미를 부여하려는 자의적恣意的인 것이라는 비판이 따를 수도 있으리라. 다시 말해, 억지로 의미를 부여하고 미화하려는 못된 주례 평론의 악습이 발동된 것이라 하여 우리의 시 읽기를 비판하는 사람도 있을 수 있다. 이에 대해 우리는 우리의 시 읽기가 결코 자의적인 것이 아님을 증명하기 위해 또 한 편의 시에 눈길을 보내지 않을 수 없으니, 이는 바로 〈장락무극〉이다.

가는 봄날이 아쉬워
짧은 봄날이 야속해
새들은 슬픈 소리로 노래하고
꽃들은 아리따운 그림자를 길게
땅바닥에 드리우지만

다만 어리석은 사람은
늙은 매화나무 가지를 그리고
그 위에 어렵사리 움튼 몇 송이
매화꽃을 그려서 벽에다 건다

피지도 않고 지지도 않는 매화꽃을
피어서 향기로운
매화꽃이라 우기면서
찌는 여름 추운 겨울을
오래 오래 견디며 산다.

　　　　　　　　　　　　—〈장락무극〉 전문

'장락무극長樂無極'은 '오랜 즐거움이 끝이 없다' 정도로 풀이될 수 있는 한자말로, 전통적으로 봄을 맞이하여 대문 기둥이나 대들보 등에 써 붙이는 이른바 입춘방立春榜에 자주 등장하던 상서로운 의미를 지닌 말들 가운데 하나다. 오랜 즐거움이 끝이 없기를 기원하는 마음이 담긴 이 말을 시의 제목으로 삼고 있는 시인이 희망하는 '끝이 없는 오랜 즐거움'은 어떤 것일까. 이 물음에 대한 답에 앞서 우선 시의 내용을 살펴보기로 하자. 모두 3연으로 구성된 이 시의 시간적 배경은 "가는 봄날" 또는 "짧은 봄날"이다. 겨울이 가고 봄이 찾아와 즐거워하기도 잠깐, 어느새 봄날은 간다. 봄날은 영원하지 않은 것이다. 시인이 보기에, 이렇게 가는 짧은 봄날이 아쉽고도 야속하여 "새들은 슬픈 소리로 노래하고 / 꽃들은 아리따운 그림자를 길게 / 땅바닥에 드리"운다. 하지만 사람들은? 사람들은 "늙은 매화나무 가지"와 "그 위에 어렵사리 움튼 몇 송이 / 매화꽃을 그려서 벽에다 건다." 어떤 의미에서 보면, 봄날이 무상하듯, 새들의 노래도, 꽃들의 그림자도 무상하기는 마찬가지다. 바로 새들의 노래와 꽃들의 그림자가 피할 수 없는 이 무상함을 뛰어넘으려는 듯, 아니, 가는 봄날을 영원 속에 붙잡아 두려는 듯, 인간은 봄날을 한 폭의 그림에 담는다. 앞서 인용한 블레이크의 시 구절에서처럼, "그대 손바닥 안에 무한을 쥐고 / 한 순간에 영원을 잡"으려 한다. 하지만 그렇게 해서 붙잡아놓은 봄날은 영원한 것일까. 그것은 박제된 봄날일 뿐 영원한 봄날일 수 없다. 그렇기에 영원할 수 없는 봄날을 그림에 붙잡아 영원케 하려는 사람은 "어리석은 사람"일 수밖에 없다.

화가가 그림을 통해 영원을 붙잡으려 하는 예술가라면, 시인은 시를 통해 영원을 붙잡으려 하는 예술가일 수 있다. 그런 관점에서 볼 때, 화가뿐만 아니라 시인도 "가는 봄날"을 영원 속에 붙잡아 가두려 하는 "어리석은 사람"일 수 있다. 시인은 이 시의 셋째 연에서 바로 이 "어리석은 사람"이 살아가는 일견 '어리석어' 보이는 삶의 모습을 계속 추적한다. "어리석은 사람"은 "피지도 않고 지지도 않는 매화꽃을 / 피어서 향기로운 / 매화꽃이라 우기면서 / 찌는 여름 추운 겨울을 / 오래 오래 견디며 산다." 말할 것도 없이, 그림 속에 가둬놓은 봄은 박제된 봄일 뿐이기에, 꽃은 피지도 지지도 않고 향기를 발하지도 않는다. 그럼에도 불구하고 "어리석은 사람"은 꽃이 피었다 지고 향기가 나온다는 환상을 고집하며, "찌는 여름 추운 겨울을 / 오래 오래 견디며 산다." 이런 맥락에서 볼 때, "오래 오래 견디며" 그러한 환상을 즐기는 것이 "어리석은 사람"들—말하자면, 화가와 시인—이 찾는 '끝이 없는 오랜 즐거움'일 수 있겠다.

어찌 보면, 시인은 '어리석다'라든가 '우기다'와 같은 표현을 사용함으로써 〈장락무극〉에서 자신의 시 쓰기 행위 자체에 대한 자조적인 반성을 시도하고 있는 것처럼 보이기도 한다. 하지만 이렇게 보는 것은 지극히 피상적인 시 읽기일 수 있거니와, 무엇보다도 우리는 제목의 무게를 고려하지 않을 수 없기 때문이다. "장락무극"이라는 말은 현상을 지시하기보다 일종의 소망을 지시하는 것으로, 여기에는 말하는 사람의 성심誠心이 담기게 마련이다. 바로 그런 관점에서 볼 때, 제목의 무게로 인해 "오래 오래 견디며 산다"는 시 구절은 '오래 오래 견디며 살 수 있기를'이라는 기원祈願의 뜻을 담은 것이 될 수도 있다. 다시 말해, 비록 남의 눈에는 '어리석게' 보이고 '우기는 것'처럼 보일지라도 시인이 시인으로서 자신의 존재 이유는 시적 형상화라는 작업—즉, 아무리 어리석고 서툴러 보이더라도 무상한 것을 예술적 형성화를 통해 영원한 것으로 만들고자 하는 시도—에 있음을, 따라서 "찌는 여름 추운 겨울"과 같은 그 어떤 세상의 조소라도 "오래 오래 견디며" 살아갈 수 있기를 바라는 소망을 담은 시가 다름 아닌 〈장락무극〉일 수 있다.

정녕코, 비록 헛되고 어리석은 몸짓이라 해도, 예술가는 영원을 붙잡으려는 몸짓을 포기할 수 없다. 이를 포기함은 곧 '끝이 없는 오랜 즐거움'에 대한 탐구 자체를 포기하는 것이 되고, 따라서 예술가 자신의 존재 이유를 상실하는 것이 되기 때문이다. 그런 의미에서 예술 행위란 어리석은 몸짓일 수도 있지만 이와 동시에 비극적 영웅의 몸짓일 수도 있다. 문학사와 철학이 말해 주고 있듯, 죽음과 파멸을 예견하면서도 매혹적인 탐구의 대상 앞에서 뒷걸음치지 않는 자가 바로 비극적 영웅으로서의 시인이다. 그런 의미에서 볼 때 시인은 죽음을 향해 다가가는 불나방과도 같은 존재, 파멸을 감지하면서도 여전히 매혹된 불을 향해 다가가는 존재인지도 모른다. 실로 그렇기 때문에 어리석은 것이고, 어리석기 때문에 영웅적인 것이 시인의 시 쓰기일 수도 있다. 불을 향해 불나방이 죽음을 무릅쓰고 덤벼들 듯, 시간을 초월하여 존재하는 미적 공간이라는 황홀한 불빛에 매혹된 시인이라는 "어리석은 사람"은 죽기를 무릅쓰고 그 불빛을 향해 질주하지 않을 수 없다. 요컨대, 황홀경이 있기에, '어리석다'는 세간의 조소에도 불구하고, '엉뚱한 것을 우긴다'는 세간의 비난에도 불구하고, 시인은 시 쓰기를 멈출 수 없다. 시를 쓰는 시인에게 "황홀극치"의 경지는 그렇게 해서 가능한 것이리라. 〈황홀극치〉에 대한 시 읽기는 비로 이런 방향에서 이루어질 수도 있는 것이다.

3

할 말이 없기 때문에 참담한 것이 아니라, 해야 할 이야기가 무엇인지 모르기 때문에 참담하다는 느낌! 사실 지난 몇 달 동안 나태주 시인의 시와 만나면서 내 마음을 지배했던 것은 바로 이런 느낌 이었다. 이제 글을 마무리해야 할 시간이 되어 나 는 논의 과정에 주목하지 못한 아름다운 시들을 답 답한 마음으로 다시 읽는다. 자연을 소재로 한 시 가 아니라 인간의 삶을 소재로 한 시들 가운데 특 히 내 마음을 끌었던 작품들이 나에게 손짓을 하는 듯도 하다. 시장 허름한 음식점에서 팔리는 '잔치 국수라는 이름의 국수'와 실제로 '잔치자리에서 베 풀어지는 국수' 사이에 존재하는 묘한 긴장감을 통해 삶 자체를 되돌아보게 하는 일련의 〈잔치국수〉라는 제목의 시편들, 꿈과 현실 사이의 막연한 경계에 서 있는 시인의 마음을 전하는 〈꿈〉이라는 제목의 시편들, 인간과 자연 사이의 거리에 대한 깊은 명상을 드러내고 있는 〈매화꽃 달밤〉, 그리고 무엇보다 우리의 삶과 사랑과 죽음과 슬픔을 너무도 생생하게 보여 주는 〈하염없이〉—이 모든 시들을 다시 읽지만, 하고 싶었던 이야기들은 침묵 속에 묻어두기로 하자. 하기야 이들 작품은 저절로 자신의 존재 이유를 말할 것이기에 그 어떤 논의도 췌사贅辭가 될 수 있으리라.

그럼에도 불구하고 나는 이 자리에서 단 한 편의 시만큼은 짚고 넘어가고자 한다. 사실 나태주 시인의 이번 시집을 읽으면서 나에게 '마음의 얼룩'을 의식케 하고, 이로 인해 내 마음을 '편치 않게' 함으로써 글 쓰기를 특히 힘들게 했던 작품이 있다면, 이는 바로 〈노을잔치〉였다.

외갓집은 마을에서도 높은 언덕
서쪽하늘로 열려 있었다
날마다 저녁이면 지는 해가 좋아
길고 긴 노을잔치였다

외할머니는 서쪽하늘 산 너머 바다가 있어
그리로 해가 기우는 거라고 말씀하시곤 했다
나는 바닷물로 떨어지는 커다랗고 붉은 해를 그
리며
이글이글 끓어오르는 바닷물을 상상하곤 했다

외할머니 세상 뜨신 후로는
외할머니 또한 그 서쪽하늘로 옮겨가 사시면서
해 지는 시각이면 이승으로 쪽문을 열고
아직도 세상살이 철부지인 손자를
걱정스레 내려다보시겠거니 생각한다

할머니, 쪼끔만 더 거기 기다려 주세요.
　　　　　　　　　　—〈노을잔치〉 전문

　이 시를 읽으면서 나는 나도 모르게 외할머니와
함께 살던 어린 시절을 떠올렸다. 시인에게 "이글
이글 끓어오르는 바닷물을 상상"하게 했던 외할머
니와 같은 외할머니가 내게도 있었던 것이다. 나는
초등학교에 가기 1년 전까지 여러 해를 충청도 서
산에 있는 외가댁에서 보냈는데, 그 당시 외할머
니는 세상의 신비에 대해 이러저러한 이야기를 나

에게 들려주시곤 했다. 외할머니가 바닷가에서 보았다는 아기를 업고 있는 인어 이야기라든가 나나니벌이 알을 낳고 알을 향해 계속 '날 닮아라'라고 주문呪文을 해서 나나니벌의 새끼는 나나니벌을 꼭 닮게 된다는 이야기가 아직도 내 기억에 남아 있다. 시인이 "바닷물로 떨어지는 커다랗고 붉은 해를 그리며 / 이글이글 끓어오르는 바닷물을 상상하곤" 했듯, 나도 사람들 틈에 끼어 호기심 어린 눈길을 보내고 있는 내 외할머니 앞에서 온몸에 비늘이 덮인 인어가 아기를 업고 몸 둘 바를 몰라 하는 모습을, 날 닮으라는 주문에 홀려 엄마 나나니벌과 똑같이 생긴 아기 나나니벌이 벌집에서 기어나오는 모습을 상상하기도 했다. 시인은 이처럼 나에게 어린 시절을 떠올리게 했을 뿐만 아니라, 그때와 마찬가지로 지금도 "세상살이 철부지인 손자"를 걱정하고 계실 법한 외할머니의 모습을 떠올리게 했다. 그런 외할머니의 모습을 생각하노라니 영 마음이 편치 않았다. 비록 "아직도 세상살이 철부지"이긴 하나, 인어와 나나니벌의 모습을 상상하던 어린아이의 순수함은 잃은 지 오래기 때문이다. 벗겨지지 않는 마음의 때에 찌들려 추레해진 내 모습을 바라봐야 하는 이 참담함이란!

하지만 나는 시인처럼 "할머니, 쪼끔만 더 거기 기다려 주세요"라 말할 수 있을까. 나에게는 아직 아무런 준비가 되어 있지 않다. 준비가 되어 있지 않은 것이 내 마음이기에, 어쩌면 시인이 너무도 편안하게 던지는 "할머니, 쪼끔만 더 거기 기다려 주세요"라는 말이 불편한 내 마음을 더욱 불편하게 했는지도 모른다. 하지만 읽는 이의 마음을 불편하게 하지 않는다면 그것이 어찌 시다운 시일 수 있겠는가.

지리멸렬하고 상투적인 몸짓들과 마음씀으로 가득한 이 산문적인 세상, 각질로 뒤덮여 있어 무언가를 보고 느끼고 싶어도 제대로 보고 느낄 수 없을 만큼 무디어진 마음의 눈, 그리고 그런 마음의 눈을 더욱 피곤하게 하는 하찮은 냉소와 불평으로 가득한 이 세상의 글과 시들, 이 모든 것이 내가 파악하는 나와 내 주변의 문제점만은 아니리라. 만일 나와 비슷한 처지에 있는 사람이라면, 누구라도 한 번쯤은 나태주 시인의 이번 시집에 눈길을 주기를! 그리고 허망하고 요원할 수도 있으나 그럼에도 불구하고 포기할 수 없는 '장락무극'을 향한 시인들의 꿈에 대해 한 번쯤 깊이 생각해 보기를!